柳の落葉

戸塚種子歌集

桜井　仁　編

解説

桜井 仁

戸塚種子について

戸塚種子は山梨稲川の長女・あさを母とし、戸塚柳齋（維春）を父として、文政十（一八二七）年に駿河国有度郡で生まれた。初の名は「とも」、後に「とゑ」と改め、さらに「たね」と名のった。「たね」は松木直秀の発案により、『古今和歌集』仮名序の「やまとうたは、人の心をたねとして、よろづの言の葉とぞなれりける。」からとられた。なお、松木直秀は幕末駿河歌壇を代表する一人であり、種子の従弟にあたる中村秋香の母・美弥子の父親にあたる人物である。

種子（種・種女とも）は、才能・人柄にすぐれ、よく家をおさめ、歌文をよくし、世の婦女の鑑とまで言われた。そのすぐれた才能は歌文のみにとどまらず、箏曲、三絃、胡弓、活花、茶道の諸技にも及ぶ。幼い頃は漢詩を作っていたが、松木直秀（琴園）門下となり、和歌を学ぶようになった。『古今和歌集』を暗誦し、自らも多くの歌を詠み、県門三才女（賀茂真淵門下の三人のすぐれた女流歌人）の一人である鵜殿余野子にもたとえられた。松木直秀に師事した後は、弘化四年に遠州掛川の石川依平の門に入った。依平も種子の才をたたえ、我が門の土岐筑波子（県門三才女の一人）と言わせるまでになった。

一方、家庭においては、軍医となった夫・積齋（正廣）の留守を守り、子女の養育・教育に励んだ。種子には男二人、女二人の計四人の子がいたが、長男・徳太郎は早世した。二男・巻蔵は医者となって活躍した。長女・せいは齋藤孝友に嫁ぎ、二女・ふさは戸塚利作に嫁いだ。

才すぐれ、心さかしく、おもいはかりある女性であった種子は積齋の妻としても家庭を支えてきたが、明治十九（一八八六）年五月二十四日、六十歳でこの世を去った。後、静岡市にある宝泰寺に葬られた。

なお、従弟の中村秋香が「戸塚種子の伝」という文章を書いているので、その全文を掲げた。

『柳の落葉　全』について

『柳の落葉　全』は、明治二十一（一八八八）年四月二十七日に刊行された戸塚種子の歌文集である。発行者は静岡県安倍郡静岡本通（現在の静岡市葵区本通）在住で、種子の二女・ふさの夫である戸塚利作である。種子の遺稿集という形でまとめられており、上巻歌集・下巻文集の二巻一冊から成る。また、種子の従弟にあたる中村秋香が明治二十一年一月付で序文を執筆している。書名は種子の号を柳屋《やなぎのや》といったことに因む。

本書は上巻の歌集編のみを掲載したものであるが、下巻の文集編にも十七首の歌が挿入されており、巻末に付記として掲載した。

上巻の構成はすべて短歌であり、四季歌一七〇首、恋歌二十八首、雑歌一〇二首の合計三〇〇首が収められている。三〇〇首の歌の傾向としては、伝統的な古今調を継承した歌風である。そのほとんどが題詠であり、「梅—香」「桜—雲」「露—草」といった連想が多い。修辞としては、「白—知ら」「来し—越」「無み—波」「待つ—松」「宇治—憂し」などといった掛詞が目に付く。また、歌に登場する地名もパターン化していて、「初瀬」「飛鳥川」「難波江」「小倉山」など京都近辺の歌枕が多い。

恋の歌では、直接恋心を詠むというよりは、「雁」「露」「鏡」「袖」「涙」等にからめて歌の世界を広げている。雑の歌には、作者の実生活や身近な素材が最も反映されている。自身の人生や家族を歌ったしみじみとするものも多いが、同時に、交際範囲の広さがうかがえるものも少なくない。具体的には渡邊九如・吉岡弘・小川三知・大井菅麿・中村秋香・矢口辰子・佐藤平・松木直秀といった人々が登場する。また詠史和歌としては、平忠度や楊貴妃などといった歴史上の人物が登場する。さらに身近な地名としては、木枯の森・清見潟・羽衣の松、田子の浦といった駿河の歌枕が登場する。そのほか、動物・植物・日用品に至るまで身近な素材は多い。

一方、下巻には十八編の文章・随筆が収められおり、その中に十七首の短歌も混じっている。参考までに『柳の落葉』下巻に収められた十八編の散文のタイトルを示すと、以下の通りである。

建穂の花見に行記
仮名史略のはし書
もののはしに書つく

矢口辰子か遠江へ女教師に行を送る
大井安親翁か七十の賀に
埋火のもとに友と物語すといふを題にて
埋火のもとにひとりゐて古今を思ひつつくるといふを題にて
神無月はかりあるあした
慶応のはしめの年の冬主積齋か長崎に行けるまたの年の春むつきよりわつらひけるをり
筆といふことを
菊月はかり円居せる人のもとへ
齋藤の家にやとりける夜れいのねられさりけるに夜あけて巻蔵のもとへいひやりける
小川氏の父の四十年のあととひけるをり家にてあはせたるたきものをおくるとて
叔父君のみまかりたまひける頃その子秋香ぬしかもとへ
佐野はた子かみまかれりけるを悲しひて手向る文
溝口信成翁か一めくりの忌に手向る文
当座たはれ文
かたはらいたき物といふを題にて

凡例

一、明治二十一年四月二十七日刊行『柳の落葉　全』（発行者戸塚利作・印刷者前島格太郎）、および明治四十四年一月二十五日刊行『不盡廼屋《ふじのや》遺稿』（編集者中村春二・出版社前川文栄閣）を底本とした。

一、旧漢字は新漢字に改めたが、仮名づかいはそのままとした。

一、「皃」「斗り」といった表記も「けり」「ばかり」とせず、そのままとした。

一、踊字は仮名に改めた。

一、便宜上、上巻の歌にはすべて通し番号を付した。

目次

「戸塚種子の伝」

中村秋香

戸塚種子は、柳齋維春翁の女にて、積齋正廣先生の室なり。初の名はとも、後とゑとあらため、つひにたねと名のれり。たねは古今集の序なるやまと歌は人の心を種としてといへる文に本づきて、松木琴園翁のえらびおほせたるなり。静岡県静岡市の人にて、幼き時より才すぐれ、心さかしくしておもひはかりあるさま、なべての婦女子のたぐひならず。事にさとくして、しかも何事によらず大かた学びて倦むことなかりければ、箏曲、三絃、胡弓、活花、茶道の諸技、おのおのはやくその奥義を極め、殊に茶道は其師稲河不研翁常にほめ称へて、門人中第一とし、女流には世にたぐひすくなかるべしとさへ評するに至れり。されど其志かかる小技に遊ぶ事をあかず口惜しとし、その家医にして、維春翁漢学の道にふかかりければ、教子の常に其すぢ修むるを傍にありて聞きしり、おろおろ経史百家の書に通じ、折々は絶句など作りけるを、翁見て深く憂ひ、女の詩作るはほこらしげにて、なつかしげなきものなりとて、いたくいさめけれど、とかくにおもひすてがたき様なりければ、さらば歌よみならへとて琴園翁の門に入らしめしに、歌学の要は古今千遍歌万首よむにありとききて、二月ばかりの程に古今集四季の部の歌を大かた空にうかべ、歌三百首よみいで、しかもその歌がらもやうやう整ひゆきければ、琴園翁深く其才をめで、其志を感じ、古今集は必しも諳誦に限るべからず。唯熟読して、よくよく其歌の意を了解せんことをつとむべし。歌は必しも多く詠まん事を要せず。只いくたびも吟じ味ひて、優れたる歌よまんと心がくべし。すすむ事ときものは、退く事もまた速なるものなれば、あまりに勉むるは、中々に怠の種ともなりぬべし。詮とするところいらたず、倦まず、志常にここにあらんには、まことの歌よみとならん事難からざるべし。と戒められければ、深く此教を奉じ、これよりむねと古歌の意をふかく解せん事をつとめ、其よみ歌は一ふしあるものならでは人に示さじと心がけ、竟に琴園門下のすぐれたる歌人として、遠く平安期の清少納言にたぐへ、近く県門のよの子に准へらるるにいたる、これ唯其歌にすぐれたるのみならず、常に草紙物語の類を好みよみて源氏枕の草紙の如きはほとほと諳誦もしつべきほどにて文章殊に巧なりしをもてなりけり。かくて琴園翁江戸にいづるに臨み、みづから紹介して、遠州なる石川依平翁の門に就かしめしに、依平翁も深く其才をめでて、我門の筑波子なりといふに至れりとぞ。

刀自初め遠州掛川なる戸塚隆伯主（隆伯は維春翁および静海老等の兄なり）の三男柳桂（後悔庵と改む）を婿とせしかど、諧はずしてわかれ、更らに駿州興津の寺下なる塩津玄齋に偶ひつれど、また遂げず。積齋先生を迎ふるに至りて、琴瑟はじめてよくととのへり。さるは刀自の人となり、才ゆたかに、智ふかく、人がらけだかくして、なべての婦女子のなよよかに、只打まかせて其夫に随ふもののたぐひと異なりければ、よく積齋先生の光風霽月の徳と相叶へりしなるべし。刀自はさばかり歌文の道をはじめ、万の技に至深かりしがうへに、又其家を修め、子を教ふる道におきても、ほとほと古の賢女慈母にもたぐへつべかりき。そはいにし慶応元年中積齋先生長崎奉行につきてかの地に出立けるは、其子女の皆まだいと幼き頃なりしを、先生は其のち帰りて程なく海軍中軍医に任ぜられ、家にあらざること、なべてはほと二十年なりしかど、其程よく家政を治めて家産ますますゆたかに、よく子女を教育しておのおの其身を立つべき基をさだめ、先生をして家を顧るの憂なからしめしをもても、その大かたは知りぬべし。刀自の名晩年に及び、やうやうよにしらるるに至れりしかど、其志歌よみ文かきといはれん事をいとひ、たえて其すぢのまじらひをなさず。又教をこふものをもいなみ只常にたれこめてしづかに歌集物語書などよむをもてこよなき楽とはなしたりき。身つねに病がちなりしが、明治十九年の初春の頃より殊に重く煩ひて、その年五月二十四日年六十にて身まかりぬ、遺言によりて神式をもて其墓地静岡宝泰寺に葬る。其家世々禅宗なりければ、宝泰寺主また其道ざまに諡して、智昌院慧山妙種大姉といふ、子を設くる男女おのおの二人長男徳太郎は早世しぬ。二男巻蔵は医学士にて今独逸に留学せり。長女せいは判事齋藤孝友に配し、二女ふさは戸塚利作に偶す、その歌文の遺稿は柳の落葉と題し、上下二巻あり明治二十一年中、印刷して世に公にせり。

秋香曰ふ、刀自は培翁維義君の孫、維春翁の子にして、わが東平稲川居士の外孫なり。その文才に秀でたる、技芸にさとき、まことによしありといふべくして、殊に称すべきはその徳にあり。そは妻として能く貞に、母としてよく慈に、しかも倹をもて家を治め、家道をしてますます盛ならしめしが如き、まことに世の婦女の鑑ともいふべければなり。その大かたは左にしるせる事項につきてもやや知りえつべし。

おのれ明新館に入らざりし程、漢籍の事は大かた積齋先生の教をうけたりき。一日質すべき事ありて先生がりゆきしに、診療所には患者あまたつどひゐたるを、先生は出居の方に刀自と相むかひて、何事やらん、互にけしきだちて物あらがひをり、こはいと心得ぬ事かな、常はたえてかかるさまなる事は聞だに及ばぬものを、とうちつけに入りつるをさへ心ぐるしく覚えしに、わが至るをみて先生打かへりみ、こは折よくも来られし哉、いざ主にこそ此さだめは乞はめ、といふに、何事ぞと問へば、先生、少納言の枕の草紙に、にくきもの、心ゆくものなどいへる文は、唐の李商隠が雑纂を下にふみてかけるものなるべし、と余は思へるを、種はさにあらずといへるなり。といひもはてぬに、いなとよ、そは義山は楽天元積などと大かた同じよの人なれば、一わたりいはれざる説にはあらねど、されど白氏文集はいふまでもなく、長慶集などは、清女の時代にかける書にまま引用せれど、樊南集はさらなり、雑纂の書の如きは、ふつに引けるを見しことなれば、そのよには未だ渡り来ざりしものとおもはるるなりとて、尚かたみにまけじひかじとあらがへり。おのれ打笑ひて、大雅玉瀾の風流争を書のうへに見て、よにめでたき語ひ草と思ひつるを、けふはそれにもまさるみやびを、まのあたりみることのたふとさよ、さるにても診察所の人々は、さこそ待ちうんじぬらめといへば、先生うちうなづきて、さなりけりけりとて急ぎ診察所にいでゆきけり。文学の道につきては、かく互につゆもゆづらず。全く友がきのもろともに切磋しあへる様なりしかど、家を治むる上におきては、何事も先づ先生に告げて其命をうけ、ともにはかるべき事は幾度も物和らかに問ひただし、必ずその許を得て行ふなどまことにあらまほしきさまにぞありし。

又一日訪ひたりし時は、先生家にあらざりし程にて、刀自はあかり障子の切張してありしが、其傍に歌の抄本どもあり、硯あり、筆あり、詠歌あり、おのれ打笑ひて、今日は松下禅尼にこそなり給ひにけれといへば、いな禅尼はその子弟教へんためにこそあれ、わが如くわざとはいかでといふに、いで刀自も歌よむ為ならずやは、とて大に笑ひたりき。大かた常はかたく質素を守り、仮にもおごりに近き事はいたくいましめけれど吉凶禍福または賑恤の事などある時は、つゆも費を顧みず、いと快くこれに応ずるさま、節倹の本意はまことにかくてこそとおもはれき。

『柳の落葉』上

戸塚種子

四季歌

一月一日のあした

1 うらうらと昇る朝日に軒ことの旗手なひきて年立にけり

2 年かへる今朝の心そ身に積る老をなけきし昨日にも似ぬ

春生人意中

3 のとけしと思ふ心や花鳥の春にうかるるはしめなるらん

閑中立春

4 問れぬを心とすめる宿なから今日来る春は嬉しかりけり

早春雪

5 萌ぬへき若菜は下に埋もれて野辺は春ともしら雪のふる

6
松添春色
色まさるおのか緑のひとしほに常磐の松も春をしるらん

7
旅中子日
松といふ名を睦しみ旅なからしらぬ野山に子日をそする

8
夕霞
夕けたく里のけふりも立そひて山本遠くかすむはるかな

9
鶯
鶯の声のにほひそなへてよの花さかぬまのはるの色なる

10
夕鶯
夕月のかけさす軒のむら竹にまた暮のこるうくひすの声

11
山家鶯
鶯のふる巣を庵のとなりとは春のあしたの初音にそしる

12
若菜
をとめ子か洗ふ若菜の雫より野沢の水はぬるみそむらん

13
春雪
さえかへるあらしの風は音たえて朧月夜にうす雪そふる

14
残雪
鶯のすたちしあとの谷陰につれなくのこる去年のしら雪

15
雪中梅
白雪にまかひはてても梅の花匂ひは得こそ隠れさりけれ

16
梅薫風
咲さかぬ里をもわかて薫る也梅のにほひや風となるらん

17
月夜梅
梅さかぬ里にも月のかほるなり朧や花のにほひなるらん

18
田家梅
鳴子縄くち残りたるやれ垣に人なつかしき梅か香そする

19
雨後柳
春雨のはるるあしたの浅みとり露よりけふる青柳のいと

20
門柳
門の辺の柳のいとにあらそはぬ心を見せてすむ人やたれ

21
岸柳
うちけふる岸の柳のあさみとり花の外にも春はありけり

22
世の中静ならさりける春二月はかり
よのなかのうきをかたらふ窓の外に柳なひきて鴬のなく

23
早蕨
手すさみに折とはなくて帰るさの袂にあまる野辺の早蕨

24
春月
あたひなきこのよの玉と大空の霞のきぬにつつむ月かけ

25
江春月
うすものに光つつみし波の上の玉かたま江の春の夜の月

26
湊春月
磯山に日影は暮てみなと入の船のほのかに月そかすめる

27
春雨
たき捨し野火の烟のたえたえに霞むと見れは春雨のふる

28
暁春雨
鐘の音は空にしめりてあかつきの枕のとかに春雨そふる

29
帰雁
よを秋と思ひこしちの誰にかも契りて雁の又かへるらん

補充

地方小出版

書店名

冊

柳の落葉

戸塚種子歌集

桜井 仁 編

羽衣出版刊

9784907118655
ISBN978-4-907118-65-5
C0092 ¥1818E
定価 2,000円
(本体1,818円+税10%)

売上カード

柳の落葉　戸塚種子歌集

桜井仁 編

ISBN978-4-907118-65-5 C092 ¥1818E

流通センター

注文カード

流通センター
取扱品

30 天津雁契りたかへす帰るなりいつはり多き此世と思ふに

沢辺に春駒あり

31 春日さす野沢の水のうす氷こころとけても遊ふわかこま

夕雲雀

32 夕ひはりいつまて空にうかるらん菫の床に月をやとして

呼子鳥

33 桜咲かた山かけのよふ子鳥花になく音もさひしかりけり

花

34 花故に野にも山にもあくかれて春は心のひまなかりけり

35 そこと見るしるしの杉もたとる迄花に成けり三輪の山本

待花

36 まちわふる花と見つつもなくさまん所定めよ峯のしら雲

閑中待花

37 静にと思ひすませと似ぬものは花まつほとの心なりけり

遠尋花

38 さく花にまかへる雲のおくわけて遠山桜けふもたつねん

花さかはといひし人のまてとこぬに

39 いつしかとまては必さく花にひとの心よなとならはさる

花盛

40 さきさかぬ梢もわかすなりにけり今日か桜の盛なるらん

41 まちわひし心つくしもちるうさも思ひわすれし花盛かな

42
見花
一年をみなから花の春にして千年もかくて見ん由もかな

43
青葉か岡の花を見て
慰めに花とまかへて見し雲はたちも及はぬ空めなりけり

44
花似雲
まちわひしこころならひに山桜咲ても花の雲と見ゆらん

45
旅中花
花故はあらぬ野山に旅寝してやつるる袖も嬉しかりけり

46
名所花
鐘の音も花のにほひにこもりくのはつせの桜今さかり也

47
閑居花
世の中は思ひたえても花の上に嵐吹夜そしつこころなき

48

田家花

垣つ田の水にうつれる山桜花ちるまてはかへさすもかな

49

故郷花

さすかまた花に人めは残りけり荒ていくよの滋賀の故郷

50

花前興

庭桜けふさかりなる花かけに友さへちらて遊ふうれしさ

51

河落花

あすか川かはる淵瀬にならひてか昨日の花は今日の白波

52

隣落花

すむひとの隣へたてぬ心から花はこなたの庭にちるらん

53

庭に花のちりたるを見て

けふこすはあすはとまたん人もなし消なは消ね花の白雪

54 花下言志

あたなりと花や見るらん野に山に所定めぬ人のこころを

55 遅日

暮やすき春の日かけと思ひしは花ちらぬまの心なりけり

56 燕

つはくらめ今朝珍しく声す也軒の古巣は荒すやありけん

57 庭に咲る牡丹を見て

貴きも富もはつかの人の世を花にゆつりてこもる宿かな

58 朝菫

紫に日かけをそめて朝露の玉のよこ野にさくすみれかな

59 山吹

山吹の八重咲にほふ小柴垣しはしととむるはるのいろ哉

60

藤

藤の花かかるにほひをきのふまてしらて過来し松の下道

61

暮春海

霞さへたちもとまらて海原のあとなき波に春そくれゆく

62

春風

菜の花に眠る胡蝶の夢たにもさまさぬほとの春風そふく

63

春夜

ほしかけもおほろに霞む春の夜の庭に音してちる椿かな

64

首夏風

わけ馴し昨日の花のかけとへは若葉に夏の風かをるなり

65

更衣

薄衣たた一重なるへたてより見しよの春そ遠さかりゆく

66

余花

程もなくちるをつらしと見し春の日数に余る花も有けり

67

谷新樹

みつ枝さす梢の夏もしらかしのふる葉にうつむ谷の下道

68

待郭公

さのみなと我にはうとき郭公またて聞ぬる人もあるよに

69

暁郭公

老の身のなけき忘れて郭公ねさめ嬉しきをりもありけり

70

雨中郭公

なきすてていつち行らん郭公花たちはなに雨かをる夜を

71

遠郭公

郭公待に心をゆるさねははるかなる音もさたかにそきく

72
田家郭公
郭公来なけ山田のひたふるにかりほもる身と思ひ落さて

73
楝
紫のゆるしの色の花あふちなと山かけに木かくれてさく

74
五月雨
八重とつる軒端の雲に短夜もしらみかねたる五月雨の頃

75
江五月雨
生茂るまこもむらあし水かくれて難波江広き五月雨の頃

76
水辺蛍
水の面に影をうつして行蛍おのか思ひやしるへなるらん

77
草かくれ流るる水の行末はよるこそ見ゆれ繁きほたるに

撲蛍

78 うなゐ子か手にもつ扇うちやめて挙る蛍の行方をそ見る

水鶏

79 月見んとささぬ板戸を終夜しらて水鶏のおとろかすらん

水鶏のかたに

80 宿かへてよそに水鶏の声すなり門の菅田や刈あけにけん

夏月

81 ことさらに短き月の光かなよひは木立のさはりかちにて

82 ことならは袂に宿れ明やすき雲のいつくのなつの夜の月

83 かけとめて涼しと思ふ程もなく明るか月の袖をはなれて

社頭夏月

84 かみつよにかけし鏡か神垣のさかきの枝のつゆの月かけ

鵜川

85 さしくたす棹も短き夏の夜に鵜川のかかりかけ白みけり

扇

86 末つひに忘らるる身の秋そともしらて扇の風さそふらん

夕立

87 峯こえて外山にうつる夕立におくれてさわくたに川の水

88 雲きほふしくれか峯の夕立に雨見ぬ里もすすしかりけり

行路夕立

89 夕立の雨のなこりの露ちりてふたたひぬるるもりの下道

90
松下泉
かけしける松の下ゆくさされ水流て末やなつをしるらん

91
納涼
風かよふ松の木陰の捨あふき夏をわすれてたれ帰りけん

92
晩夏
起居にもたへぬあつさを鳴蝉の声にのこして夏そ暮れゆく

93
夏夜
枕つく妻屋の軒のかた折戸さすまもなつの夜は明にけり

94
夏船
綱手縄つなかて流せ夏川の船もこころもゆくにまかせて

95
田家立秋
秋来ぬと門のわさ田におく露や衣手ぬらす初めなるらん

96
初秋風
たきすてし宵のかやりの薄烟今朝ふきかへす秋のはつ風

97
初秋薄
立としもさやかに見えぬ秋の色を己れ穂に出まねく小薄

98
荻
荻原やなるれは友の心ちして音つれぬ夜は淋しかりけり

99
閑居萩
人とはぬ宿のすさみに露なからゆひ添て見るませの秋萩

100
秋情寄萩
秋萩に心をおかぬときそなき露のひるまも風のゆふへも

101
移し植し萩か花つま咲にけり鹿の音さそへあきのやま風

102 女郎花
よを秋のさか野に立て女郎花あたなる風になと靡くらん

103 薄
夕日さすかた山かけの花薄まねくもあはれ来る人なしに

104
たゆみなく招く尾花の袖の上にいつ隙とめて露は置けん

105 草花
故郷を草にやつるる籬とは秋見ぬ人のいふにやあるらん

106 月前草花
小薄の袖にかくれて女郎花しのひにやとす月のかけかな

107 憐露
おくをめてちるを惜みて草の上の露を心に懸ぬまそなき

108
秋風
から衣今かうつらんしからきや外山のさとに秋風のふく

109
朝秋風
身にしまん末の怜はさもあらはあれ今朝珍しき秋の初風

110
夕虫
夕まくれ帰らんとすれは秋の野の花に交りて虫の鳴なり

111
野虫
さまさまの花の紐とく秋の野は虫も千種にみたれてそ鳴

112
故郷虫
宮人のあゆひの鈴の音はかり虫に残りて野とあれにけり

113
虫声近枕
露分て野辺にききつと見し夢のさむる枕に虫そなくなる

114
寝覚聞鹿
山里の松のあらしに夢さめてまくらにのこる小男鹿の声

115
遠山鹿
峯遠き男鹿の声もたくひ来て身にしむ秋の床のやまかせ

116
秋興
ちり残る秋の花野もあかぬまにかた山紅葉染かけてけり

117
秋のうた
里の子か軒端に拾ふささ栗のみつきの秋も半はへにけり

118
月
ちる音を悲しと聞し桐の葉は月見るためのなさけ成けり

119
村雨のなこりの露の浅茅原わけゆく袖はつきにぬれつつ

120
翫月
さそはるる者とはなしに月見れはうはの空にも行心かな

121
望の夜くもりければ
ふけにけり晴間もかなと曇る夜も向ふはおなし望月の空

122
雨後月
板ひさしさし煩ひし荒間より雨にぬれたる月を見るかな

123
深夜月
露なから庭にこほるる松の葉を月に数へてふかす夜半哉

124
野外月明
入ぬへき山の端遠し隈もなし月は野に出て見るへかり梟

125
行路月
月影の袖にむつるるよるの道独ゆくともおもはさりけり

126
山家月
よにしらぬ月の光を見るはかり逃し山のかひはありけり

127
閑居月
月もよし虫の音しけし浅茅生の露ふみ分てとふ人もかな

128
故郷月
帰り来てふたたひ袖をぬらす哉なかめ捨たる秋の夜の月

129
古宮月
みかは水昔のあともたえたえの流にすめるあきの夜の月

130
月似霜
白雪のふることをさへ思ひ出て月の霜にもまくすたれ哉

131
暮秋月
秋の日も残りすくなきほと見えて心細しやありあけの月

雁

132 立こむるあしたの原の霧の上に声のみおつる秋のはつ雁

初雁

133 春霞立を見すてしうらみさへ空にわするるかりのはつ声

遠擣衣

134 衣うつ音きこゆなり夕烟ほの見しさとのあたりなるらん

わかせ積齋か許より朝鮮人は衣服を洗濯する時は必す砧にて擣なり九月漢城に滞在中毎戸衣をうつ音のおもしろくあはれにきこえわきて月夜にはもの悲しく唐の李白か萬戸衣をうつ声と謂しもかかる夜の様ならんと思ふはかりに　旅衣高麗の都に秋ふけて月に砧の音のみそきく　といひおこせけれは返事すとてそのふみのおくにかの長安一片の月とか昔も今も唐も大和も秋の夜のものかなしき

はかはるましくなんまして月の夜の砧の音はさも
こそと遠くおもひやられて

135 高麗人も同しこころにわかせこか夜寒の衣月にうつらん

菊

136 後れぬる身をは歎かしよを秋の末野ににほふ菊も有けり

藤井眞壽ぬしの秋葉に山籠りせられけるころその
家の紅葉を見て

137 君まさてたか言の葉の露霜をかけて紅葉の色こかるらん

名所紅葉

138 大井川そむる紅葉のくれなゐに鵜舟の後も波そこかるる

となりより咲かかりたる朝かほのうすき浅黄と白
きくくりそめのやうなるか見所ありてをかしけれ
はこれか実をとりいるとて

139
あさかほの露弱けなる命もて又来ん秋をたのむはかなさ

秋鳥

140
聞しらぬ声もましりて楢樫の木の実とりはむ秋のむら鳥

初冬

141
露わけし秋は昨日と暮はてて今日は時雨にぬらす袖かな

時雨

142
とりはこふ軒より晴てむら時雨残るつま木に夕日さす也

朝時雨

143
さし昇る日影曇ると見る程にやかて軒端に時雨ふり来ぬ

里時雨

144
片わきてなと時雨らん冬の日の至らぬ里はあらしと思に

145
落葉
露霜に染つくしたるはてはまたおのれ時雨とふる紅葉哉

146
閑居残菊
色かへて再ひ菊のにほふかな世にあきはてし宿の垣根に

147
氷初結
ひさことる手もたゆたひつ岩清水今朝珍しくむすふ氷に

148
河上氷
なかれよる紅葉をとちて朝川の氷にのこるあきの色かな

149
寒草
おく霜の下にかれふす葛かつら恨し秋やまたしのふらん

150
夕木枯
色もなき尾花葛原ふきたてゆふくれすこき野辺の木枯

151
冬月
霜むすふ尾花か袖もうらかれて月かけさむし宮城野の原

152
閑庭冬月
霜かれしむくらか庭は中々に秋より月のかけそくまなき

153
田家冬月
もりすてし秋より後のかりいほに霜夜の月そ独すみける

154
月前千鳥
浜千鳥声遠さかる波の上にゆくかた見せてすめる月かけ

155
雪
ふり積る雪のひかりに暮かねて冬の日なかき山の下いほ

156
積雪
珍しととひとはれつつ跡つけし人さへ絶てつもる雪かな

157
行路雪
駒留てたれ水かひし川そひの蘆のたえまの雪のむらきえ

158
閑居雪
埋れてよにふるとしもしられしの心にかなふ今朝の雪哉

159
雪中鳥
軒ちかく雀ともよふ声すなり竹のねくらや雪つもるらん

160
埋火
埋火のけふりに霞む月見れは窓の外さへはるここちせり

161
かき起し言語らはん埋火の霜となるまて夜はふけぬとも

162
早梅
朝日さす窓の梅か枝霜とけて落葉か上のつゆかをるなり

歳暮

163 世渡りのうき瀬もしらてあすか川心のとかにこゆる年波

164 おこたりをせめてもやかて怠りて同しさまにも暮る年哉

学者惜年

165 よむふみの数は積らて中々に身にそふ年の惜くも有かな

年頃よろつのことゝいひをしへたるにやうやうならひおほへていとまある身となりし年の暮に

166 世の業を子等にまかせて安らけくのとけく越る年の暮哉

待春

167 はるをまつ心はおなし下草とおもへはゆかし庭のかれ芝

除夜

168 更る衣も嬉しかりけり新しき年のあしたに逢んと思へは

名所冬

169 小倉山今ひとたびのもみち葉もちりて雪まつ峯そ色なき

冬閑居

170 無といひて鎖せる門の八重葎よそめあらはに冬枯にけり

恋歌

171
初恋
何となく心にしみて忘られぬ思ひや恋のはしめなるらん

172
通書恋
水茎の絶す通へる中川になとかあふ瀬のよとみかちなる

173
待恋
さよふけぬまたし今はの手枕もかひなくよわるわか心哉

174
旅宿逢恋
草枕やつれし袖にうれしさの露かかれとは思ひかけきや

175
久恋
人しれす思ひ初しはいつのよと数ふる斗り年もへにけり

隔恋

176 つくつくとよそにへたてゝきくもうし同し尾上の暁の鐘

177 さよ衣中に隔のありそともしらてうらなく契りつるかな

隔遠路恋

178 うしや身の秋をもしらて空にのみ何しか雁の便り待けん

恋思

179 何故に怪くものを思ふらんさりとて人はつれなからぬに

180 白雲のうはの空なる人故に立て見居て見ものをこそ思へ

恨恋

181 うらみても人にくからぬ心から思ふ斗りはいひも尽さす

182
恋烟
吹風にまかせてなひく薄烟さそはれやすき人こころかな

183
春恋
小簾もれて枕に通ふ梅か香を人のとかめし春もありしを

184
名もしらぬ草たにもゆる春の日に枯て色なき人や何なり

185
旅恋
ささ枕一夜ふしみの契りよりまよふ恋路の末そはてなき

186
人妻
人妻は門のうはらの垣なれや手も触かたし花と見なから

187
としへていふ
しらせんと思ひなからの橋柱朽果るまて身はふりにけり

188
あひおもはぬ
むねあはて過す月日のゆく末もこころ細しやけふの細布

189
あふ
逢までとかけ留めつる玉の緒の今宵明なは又やみたれん

190
わかるる
道芝の露ともいはすとりの音にまつ袖ぬらす今朝の別路

191
寄月恋
きぬきぬの袖に宿せし月影のいつかたわれて物思ふらん

192
すむとても光はえこそ頼まれねやかて我身の秋の夜の月

193
寄雨恋
降雨に障るかことの偽やうきを身にしるはしめなるらん

194
寄杣恋
杣人の手に取斧のえもいはす繁きなけきをこるはたれ故

195
寄橋恋
はかなしなかけし契りの中絶て末も見はてぬ夢のうき橋

196
寄滝恋
音なしの滝のみなかみ尋れはいはてもの思ふ涙なりけり

197
寄笛恋
笛竹のよそにふけ行物そ共しらてこちくとなと頼みけん

198
寄絵恋
流ても音にはたてぬうつし絵の滝をたもとの涙とは見よ

雑歌

199

暮村烟

松杉のしけみに里はくれそめてひとむらのこる夕烟かな

200

雲

おほつかな何処かおのか宿ならん風にまかする空の浮雲

201

塵

年ふれは積りて山となるものを塵の此身と思ひすてめや

202

木枯森

吹風は梢にたえて川なみの音のみさわくこからしのもり

203

古橋

朽残る跡たに見えす橋柱むかしなからの名はのこれとも

204
谷水
濁る世のうきせをしらてひとすちに流もゆくか谷川の水

205
見てたにも住よかるへき谷陰になと岩水の下むせふらん

206
滝
音なしの滝つ白波いつのよになかれて高く名は立にけん

207
名所川
おり立て渡り苦しき早瀬よりよを宇治川の名に流れけん

208
海辺暁
明告るとりより先におき出て暇もなみに海士そすなとる

209
清見潟
音にのみ高くきこえて清見潟今はあとたになみのせき守

210
里
庭つ鳥いている里のやれかきねさもひま多きひと心かな

211
閑居
八重むくら生茂りても世の塵の埋しよりは住よかりけり

212
林下幽閑
小鳥なく声を友にて静にもよをすきむらのおくのふせ庵

213
古寺
かかけすはありともしらし影くらきかた山寺の法の灯火

214
古寺嵐
法の声たえていく世をふる寺になにを嵐の塵はらふらん

215
東にゆく人を送る
草枕たたかりそめの旅ならは日を数へても待ましものを

216
渡邊九如か大坂にゆくをおくる
みをつくし心尽して難波津の手習ふ子等によく教へてよ

217
吉岡弘ぬしのわかれに
君かゆく方にありてふ逢坂の名を頼まんと思ひかけきや

218
安倍川や君に別るるはしそとは我懸てしも思はさりけり

219
小川三知か東京へゆくに
よく勤めよく学ひ得て年月に開るわさのおくをきはめよ

220
大井菅磨ぬしの安房の国にゆくはなむけに扇をつかはすとて
扇てふ折を待間のなくさめにたよりの風をたたみ籠てき

221
積齋か長崎に行たるに
年をへてみつの小道は荒ぬとも人を軒端のまつは替らし

222
そのころ月を見て
是そ此積れは人の帰り来とおもへは月のかけもむつまし

223
吉岡弘ぬし東京より又此里に旅居しけるをり
逢見れは有しなからの心ちして旅居と君を思はさりけり

224
小島なる中村秋香ぬしかもとより　静けさは思ふさまなる宿なから心細さそいはんかたなき　といひおこせたるかへし
むつみ来し友と別れてすむ宿の心ほそさも思ひやらなん

225
我歌新聞紙にのせしときゝて矢口辰子かもとへ
かき捨て塵とたに見ぬ言の葉をたか拾てか世に出しけん

226
旅行日暮
暮ぬまに今一里とわけゆけは野末にひひくいりあひの鐘

227
旅宿夢
うつつには日毎にゆきて草枕結へはかへる夢のふるさと

228
羇中嵐
吹おくる嵐のやとはわか陰とたのめる松の木末なりけり

229
羇中衣
旅衣やつるるかたのまよひにも日数重ねし程そしらるる

230
田子浦にて
立籠る霞のそこにうつもれてよるとも見えぬ田子の浦波

231
隅田川の船より堤を見渡して
人めさへ草さへ枯て隅田川長きつつみのはても見えけり

232
山家夕
山陰にすむ身は安し夕されは窓のとさしを雲にまかせて

述懐

233 子を思へは惜からぬ身も惜まれて逃る可世を逃れ兼つつ

234 思ふ事なりもならすも其折に任せてこそは世を安くへめ

秋述懐

235 なにすとかここら摘けん秋来ても花にも咲ぬ言の葉草を

巻蔵の写真おこせたるに

236 おも痩し姿を替ていさましき此うつし絵を見るそ嬉しき

巻蔵か物学ひも明治十五年の春は試みありて卒業せんとするその年の一月よめる

237 うちむかふ学ひのまとの雪蛍十とせあつめし光見せてよ

やむを常なる身のおほつかなくのみ思ひつつけて

238 学ひ得てよにゆるさるるをりまてと子のため惜む我命哉

239
わつらひけるをり思ひつつけける
憂身とも憂身なりけりなき数に入たに人の跡におくれて

240
佐藤平ぬしか身まかりにけるに
からやまと文の林を分すててなと世の外の道にいりけん

241
花野刀自か身まかりし手向に
風さそふ秋の花野ときくからに分見ぬ袖も露けかりけり

242
松木直秀大人みまかりたまひけるをかなしひて
天かけるみたまは見えて琴園にむなしくかよふ松風の音

243
母のおもひにこもりけるをり
こん秋をちきりて帰る雁たにも別ると思へは悲きものを

244
八月二十二日吉岡の母の三年の忌に弘ぬしか許へ
蓮葉を折て手向しことの葉の露は三とせの今もかわかし

245
花野刀自か三年の手向に
跡とふも三年になりぬ有しよにあはぬ恨を下なけきつつ

246
藤井ゆかり子のおくつきに萩を折て手向とて
露かかるものともしらて秋萩の咲は見せんと何に待けん

247
矢口先生の一周忌に懐旧といふことを
あつめこし窓の蛍の光のみ消にしあとのよにのこるらん

248
小川氏の父の四十年祭に対月懐旧を
門高きいらか照してすめる哉みしよしのふの軒の月かけ

249
寄雪懐旧
跡つけてかならすとひし其人のふること語るけふの雪哉

250
夏懐旧
もろともに聞にしものを郭公今年は人をしのへとやなく

251
寄桜懐旧
かくはしき名のみ留て桜花ちりにし去年の人そかへらぬ

252
寄夏草懐旧
折とりてまた露かかる袂哉去年も手向しひめゆりのはな

253
思往事
年へぬる今の心を心にて身のいにしへにかへるよもかな

254
夢
今宵又かけていつくに通ふらんうつつにしらぬ夢の浮橋

255
心
花紅葉時につけつつうつりゆく人の心よいつをつねなる

256
葎
朝きよめとらぬははきの怠りを垣根に見せてしける葎生

257
松
百枝さし千枝さす色のふか緑松は老てもさかりなりけり

258
名所松
三保の浦やふりし昔を言の葉にかけていくよの羽衣の松

259
杉
千枝百枝心のままに生のひてすきうきよとも見えぬ色哉

260
鳥
入日さす梢にさわく夕からすおのか羽色や暮いそくらん

261
雀
もも鳥のいつれはあれと朝夕になれてしたしき庭の小雀

262
横浜にゆく牛を見て
ふむたひに消る命と知すしてうしや背におふおのか藁沓

263
蜘蛛
ささ蟹の何をたのめてすかくらん人待へくも有ぬ軒端に

264
蝸牛
さしなみのささ垣伝ふ蝸牛となりありきも家なからにて

265
琴
文の上にかきも残さぬふることの調を誰かよに伝へけん

266
笛
笛竹の束みしかなる一ふしに千々の調をいかてこめけん

267
柏原ぬしのふるき鈴を得たまひたるに歌よみてといふに
うつもれて年へし鈴も君か手に触てや今のよに響くらん

268
書
やけ残る言の葉草を種としてふみの林のよにしけるらん

269
筆
思ふこと千里の外にかきかはす筆そ心のつかひなりける

270
車
かく斗りうしと見なからを車のいつ迄我身世に引るらん

271
宝
ことさらに何もとむへき我心なほくもてるそわか宝なる

272
玉
なみならす心よせてもわかの浦拾ふにかたきそこの白玉

273
瑕なくてよにふる瓦なににせんくたけて玉の光のこさん

274
船
波荒き潮瀬安らにゆきかよひうみ渡るとも見えぬ船かな

275
筏
山川の早瀬さしおろす筏しの棹のひまなきよを渡るかな

276
老人
くしけつる老の頭のつくも髪長からぬ身の末そしらるる

277
遊女
浮舟のよるへ定めぬ波にたにさしてこかるる方も有けり

278
さそひゆく水に任せて末つひによるへの岸もなみの浮草

279
盗賊
長からぬ我よもしらて難波潟あしかる業に身を尽しつつ

280
犬追物御覧
ふせ庵の門もる犬も天津日の光をあふくけふにあひけり

281
古戦場
やさけひの昔おほえて長篠の枯野吹まく木からしのかせ

282
平忠度
行暮し言葉の花のあるしとはかひなく成し跡にこそしれ

283
楠公五百五十年忌
湊川すみはつましき世の中と思ひしつみて身をは捨けん

284
静
一筋に思ふ心を繰かへしうたふもあはれしつのをたまき

285
王昭君
たをやめの馴も習はぬかは衣いつ迄うきを身に重ぬらん

286 われとわか花の姿をたのますは北吹風のなにさそふへき

楊貴妃

287 しらさりき玉の台をよそにして荒野の露と消んものとは

三圍

288 舟わたす川瀬時雨てみめくりの稲荷の鳥居夕日さすなり

病にわつらひけるをとくたひらくへく浅間の大神
に祈りまをしつるとて三浦弘夫ぬしかもとより松
に歌つけたるぬさそのしるしとておくられけるに

289 まことある神と人とを命にていろます春をまつのひと枝

同しをり大神の御前に

290 限有身を千代もとは祈らねと常やむ事のかからすもかな

291
社頭水
大かみの大御心やにこりなきいすすの川の水のみなもと

292
結ふ手に心のそこの塵までもなかしてきよき神の真清水

293
溝口氏の長子の三歳の祝に
おきそむるみとりの髪も色深くなひく小松の千代の生末

294
利作か此たひ市町にいてて糸ひさくにつきて祝の心を
一筋に心をかくるはた糸のにしきおり出す時をこそまて

わかせ積齋か頭の白くなりたるを日頃なけきてありけるに去年のしはす中軍医になりて今年は東京にありけれは一月一日内にまうのほりておまへ近く年のことほき聞えあけまつれることをよろこひていひおこせたるをよろこほひてわかせに代りて

295 よにふるも嬉しかりけり天津日の頭の雪を照すと思へは

出島竹齋翁か七十の賀に

296 小鹿山松を友にてはるかなるよはひの末の高さくらへよ

石橋蘿窓翁の七十の賀に岡松を

297 言の葉も人のよはひもよに高くしける岡への松かけの宿

松有喜色

298 言に出ていはねの松も君かよに逢嬉しさは色に見えけり

松経年

299 武隈の松の二木をみきと謂し言の葉さへや千代はへぬ覧

寄書祝

300 異国の人もふみ見てわくはかり開けにけりな千代の古道

付記

（『柳の落葉』下に挿入されている歌）

見れは又花の色香もおもほえて心ひかるる青柳のいと

花見んと思ふもよそに菫草色むつましみ手ことにそ摘

八重かすみ霞のまよりほのめきてにほひし雲は桜なりけり

咲花に千とせの春を契りおきて心のとかに眠る君かも

なくさむと見に来しものを桜花中々つらき此夕へかな

夏の日のいとまのひまを手を折てかきかそへつついつとかまたん

末遠き人の齢は千代すめる大井のしみつ汲てこそしれ

としなみをゆたかに越て老人の汲や大井の千代の若水

ぬき更る袂軽けに見ゆるかな我身のよそに夏は立けん

百鳥の春はいつしか移り行てまたぬ身にきく郭公かな

うきふしも嬉しきふしも世の中の人にまかせてわかよつくさん

みやひをの今日のまとゐのあやむしろあやにゆかしきませのもとかも

上野山霜にふけゆく鐘の音をひとり学ひの窓に聞らん

そらたきのにほひなくともかはかりの心をたにも手向てよ君

冬枯しなけきの本はさえ暮す嵐もさそな身に染ぬらん

来んといひしそのおもかけの目に見えて帰らぬ人の帰るかなしさ

からにしきたたまくをしき円居とは今日のうたけをいふにそあるらし

補遺

新樹

よひよひの月をはもらせわかかへてさこそはしけるならひなりとも

村上忠順編〈元治元年千首〉

時計

たゆみなくめくれる時の数をへてつもれはこれも老となるもの

華族獨歩

西東こころのままにかち行を嬉しとや思ふ然しとや思ふ

驛遞

ふみかよふ驛の鈴のひひきこそひらくる道のしるへなりけれ

右三首　大久保忠保編〈開化新題和歌集二編〉

後記

幕末駿河歌壇史研究も第四弾を刊行することができた。

第三弾で取り上げた山梨志賀子同様、偶然にも山梨稲川つながりの人物となった。山梨稲川の孫にあたるのが今回の戸塚種子であり、次回取り上げる予定の中村秋香である。多くの俊英を輩出した山梨家の血筋には改めて驚かされる。

そもそも、幕末駿河歌壇史研究を思い立ったのは、同じ駿河の国に住んでいた先人たちが残された歌を広く収集し、正確に保存し、かつ永久に継承していきたいという願いからであった。ところが、今回の『柳の落葉』もそうであるが、普通には出回っていない、たいへん貴重な郷土資料となっている。国立国会図書館や静岡県立中央図書館のお世話にもなったが、容易に閲覧することのできないものである。そこで、全国の古書店を探し回った挙句に、ようやく入手することができた。自分のものとなった『柳の落葉　全』と『不蓋廼屋《ふじのや》遺稿』の二冊を丹念に読み込み、丁寧に書写した。とはいえ、誤りもあるに違いない。しかし、コロナ禍にあって、一字一句解読していく作業は至福の時でもあった。

そして、ようやく一人の女流歌人の歌集を編むことができた。本書が多くの人々に読まれ、その誤りを正され、さらに研究されていってほしいとひそかに願っているのである。

最後に、本書が成るにあたって、中澤伸弘氏と鈴木亮氏には貴重な御意見をいただいた。また、羽衣出版には前書に引き続きお世話になった。代表の松原正明氏のお心づかいには、心から感謝の意を表したい。

令和三年三月

桜井　仁

〈編者紹介〉

桜井　仁（さくらい　ひとし）

昭和 28 年静岡市生まれ。

國學院大學文学部卒業・同専攻科修了。

常葉大学非常勤講師・利倉神社宮司。

歌誌「心の花」所属。日本歌人クラブ東海ブロック幹事。

静岡県歌人協会常任委員。静岡県文学連盟運営委員。

著書に歌集『オリオンのかげ』『夜半の水音』『アトリエの丘』『山の夕映え』『母の青空』、句集『はつ夏の子ら』『峡の風花』、共著『静岡県と作家たち』『新静岡市発生涯学習 20 年』、編著『校訂 三叟和歌集』『蔵山和歌集』『山梨志賀子短歌集成』などがある。

現住所：〒 420-0913　静岡市葵区瀬名川 2-19-23
TEL・FAX：054-261-2090

柳の落葉　戸塚種子歌集

令和三年五月二十四日発行
定価　本体一八一八円＋税

原著者　戸塚種子
編　集　桜井　仁
発行人　松原正明
発　行　羽衣出版
〒422-8034
静岡市駿河区高松3233
TEL 054-238-2061
FAX 054-237-9380

ISBN978-4-907118-65-5 C0092 ¥1818E